우리의 침범한 슬픔의
힘에 기대어

2024년 여름

이슬아

엄마 몰래 피우는 담배

임솔아

위즈덤하우스

차례

엄마 몰래 피우는 담배 ·· 7
작가의 말 ·· 65
임솔아 작가 인터뷰 ·· 69

그 우편물은 장식장 위에 있었다. 유리는 편지봉투를 열었다. 내용을 다 읽고서 있던 자리에 우편물을 두려다가 멈추었다. 이 우편물의 자리는 여기가 아니었다. 텃밭에 가져가려고 꺼내둔 목장갑. 택배 아저씨에게 주려고 챙겨둔 두유. 오늘 우리 집 개가 먹을 껌. 노끈으로 묶어둔 자동차 잡지들. 다 쓴 건전지들. 멈춘 탁상시계. 장식장 위는 어떤 식으로든 곧 이 집에서 사라질 물건들을 임시로 두는 장소였다. 유리는 편지봉투를 유심히 살폈다. 받는 사람은 종순. 보낸 사람은 은향이었다. 편지의 내용은 간략했다. 정신병원에 강제 입원을 당한 상태인데 보호자의 동의만 있으면 이곳에서 나갈 수가 있다는 내용이었다. 가족이 없어 나갈 수가 없다고. 이 도움에 응해주면 톡톡히 사례를 하겠다는 것이었다. 유리는 우편물을 들고 안방으로 갔다. 은향이 누구냐고 엄마에게 물었다.

"나도 그걸 몰라."

엄마는 발뒤꿈치에 비판텐 연고를 바르던 중이었다. 종순은 누구냐고 유리는 다시 물었다. 엄마는 유리의 얼굴을 빤히 쳐다보았다.

"종순이. 네 다섯째 이모."

이모들의 얼굴이 떠올랐지만, 이모들은 유리에게 이름이나 태어난 순서가 아니라

사는 도시의 이름으로 불려왔다. 양평에 살면 양평 이모, 광주에 살면 광주 이모였다.

"어디 이모?"

유리가 물었다. 엄마는 눈을 껌뻑였다. 너는 기억 못할 수 있다고 답했다. 우편물은 장식장 위에 그냥 올려두라고 했다. 그러고는 혼잣말처럼 중얼거렸다.

"누가 누굴 도와."

유리는 우편물을 장식장 위에 올려두고 엄마 앞에 돌아와 앉았다. 계속 찢어지냐고 유리는 물었다. 자꾸 찢어진다고 엄마는 답했다. 엄마 발뒤꿈치의 갈라진 틈 사이사이로 피가 맺혀 있었다. 엄마는 발뒤꿈치에 연고를 두툼하게 덧발랐다. 랩을 집어달라는 손짓을 했다. 유리는 랩을 길게 뜯어 엄마의 발뒤꿈치에 둘둘 말았다. 그 위에 수면양말을 신기며 유리는 자신에게 되뇌듯 말했다. 이 정도면 아주 나쁜 건 아니야. 흔한 부작용이래.

밤이 깊었을 때 유리는 화장실에서 몰래 담배를 피웠다. 침대에 누워 말똥말똥하게 눈을 뜨고 있다가 다른 방의 숨소리가 조용해지면 화장실로 갔다. 어둠 속에서 담배를 입에 물고 라이터 불을 켰다. 창문 바깥을 향해 담배 연기를 내뱉었다. 엄마의 발소리가 들리지 않는지 귀를 곤두세웠다. 담배를 엄마 몰래 피우는 것도 오랜만이라는 생각이 들었다. 엄마 몰래 피우는 담배가 유독 맛있다는 것을 오래 잊고 지냈다. 두루마리 휴지를 두툼하게 겹쳐 물에 적신 후 그 위에다 조심스럽게 재를 떨었다. 그때 유리는 기억해냈다. 종순 이모. 종순 이모와 만나본 적은 없었다. 유리의 기억으로는 그랬다.

유리의 동생 규리는 종순 이모를 또렷하게 기억한다고 몇 번인가 말했지만, 유리는 그건 규리의 착각이라고 여겼다.

그때 유리는 고작 여덟 살, 규리는 여섯 살이었다. 그날 아침 유리는 엄마가 우는 소리를 듣고 잠에서 깼다. 덜컥 겁이 났다. 들켰다는 생각이 들었다. 유리는 매일매일 돼지 저금통에서 몰래 동전을 빼내고 있었다. 동전을 빼낼 만한 장치가 따로 없는 저금통이었다. 배를 가르지 않고 저금통에서 동전 한 개를 빼내려면 그것을 뒤집어 수십 번은 흔들어대야 했다. 길쭉하고 좁디좁은 동전 구멍 속을 한쪽 눈으로 들여다보며, 동전들의 각도를 세밀하게 파악하며 흔들어대면 우연히 동전 하나가 삐죽 삐져나왔다. 동전 구멍에 걸린 동전을 족집게로 빼낼 때마다 야릇한 희열이 있었다. 유리는 곧장 그 기쁨에 중독되었다. 동전이 반드시 필요해서라기보다는 그 기쁨 때문이었다. 저금통을 흔드는 실력은 나날이 발전했다. 오백 원짜리와 백 원짜리만을 골라서 꺼낼 수도 있게 되었다. 우쭐한 기분까지 들었다. 어느 날부터는 아무리 저금통을 흔들어도 은색 동전이 보이지 않았다. 이미 다 꺼내버린 것이었다. 저금통에는 십 원짜리만 남아 있었다. 유리는 슬슬 두려워지기 시작했다. 그럼에도 멈추질 못했다. 십 원짜리 동전을 서른 개씩 꺼내어 삼백 원짜리 군것질을 하기 위해 문구점으로 달려갔다. 군것질을 좋아하는 면도 유리에게 있었지만, 동전을 얼른 없애야 하기 때문이기도 했다. 콜라 맛 젤리를 씹고 있으면 톡톡 쏘는 기쁨과 함께 공포가 엄습했다.

친구들과 고무줄놀이를 하다가도, 학습지를 풀다가도, 저금통 생각이 났다. 시뻘건 돼지의 몸뚱이와 활짝 웃고 있는 눈과 입, 커다란 콧구멍. 유리는 무언가 잘못되어가고 있다는 걸 알면서도 저금통을 털어댔다. 기쁨과 공포가 범벅된 채로.

엄마는 꺼이꺼이 울고 있었다. 끝이 났다는 생각이 들었다. 드디어. 돼지 저금통 생각을 그만할 수 있게 되었다. 이윽고 안도감이 찾아왔다. 유리는 안방 문 앞에 서 있었다. 뒤늦게 일어난 규리가 안방 문을 벌컥 열고 들어갔다. 엄마 품에 안긴 규리는 다짜고짜 울음을 터뜨렸다.

"종순이가 죽었대."

엄마가 규리에게 말했다.

장례식에는 엄마와 아빠만 참석했다.

그때에도 유리는 저금통에 대해 생각했다. 조금 더 일찍 들켰어야 했다. 적어도 엄마의 동생이 죽기 전에 고백을 했어야 했다. 이제는 고백도 할 수 없게 되어버렸다. 장례식에서 돌아온 엄마가 저금통을 발견한다면. 동생은 죽었는데 딸은 도둑년이라는 사실을 알게 된다면. 얼마나 슬플까. 상상만으로도 유리는 토할 것 같았다. 이제 저 시뻘건 돼지 저금통에는 유리의 죄만 들어 있지 않은 것 같았다. 가벼워진 돼지가 너무 무겁게 느껴졌다. 유리는 결단을 내렸다. 규리에게 얼린 쥬시쿨을 먹고 싶지 않느냐고 물었다. 규리는 먹고 싶다고 답했다. 유리는 규리와 함께 저금통을 털었다. 쥬시쿨을 딱 한 개 살 수 있을 만큼만 동전을 꺼냈다. 유리는 쥬시쿨을 규리에게 먹였다. 규리가 한입 먹으라며 플라스틱 미니 스푼을 내밀었지만,

유리는 입도 대지 않았다.

　　예상대로 저금통은 얼마 지나지 않아 발각되었다. 규리는 곧이곧대로 언니와 함께 저금통을 털었다고 고백했다. 어떤 날에 쥬시쿨을 먹었는지까지 소상히 고했다. 동생에게 맛있는 걸 사주고 싶었다고 유리는 말했다. 엄마 아빠도 집에 없고 그날 규리가 무서워해서 그랬다고 거짓말을 했다. 쥬시쿨 하나 때문에 저금통이 그토록 가벼워질 수는 없다는 걸 엄마도 모를 리 없겠지만 더 이상 묻지 않았다.

　　목욕을 마치고 베이비파우더를 겨드랑이에 발라주는 엄마를 바라보며 유리는 생각했다. 엄마의 동생이 죽지 않았더라면 엄마가 이렇게 쉽게 넘어가지는 않았을 거라고. 도움을 받은 것만 같았다. 종순에게. 종순의 죽음에게. 그리고 엄마의 슬픔에게.

엄마의 커다란 슬픔이 유리를 도왔다. 슬픔 때문에 유리는 용서받았다.

    유리는 변기에 재를 떤 휴지 뭉치를 넣은 후 물을 내렸다. 방으로 돌아가다가 장식장 위에 놓인 편지봉투를 집어 들었다. 이건 죽은 이모에게 온 편지였다. 이모가 죽었다는 사실을 발신인이 모르는 것으로 보아 이십 년이 넘도록 교류가 없었던 게 분명했다. 도와줄 사람을 찾고 찾다가 이모를 떠올렸을 거였다. 지푸라기라도 잡는 심정으로 이모의 본가로 편지를 보냈겠지. 그리고 귀향한 엄마가 이 편지를 받은 것이다. 유리는 핸드폰을 꺼내 편지봉투와 편지의 사진을 찍고는 장식장 위에 다시 우편물을 올려두었다.
    다음 날 아침 우편물은 사라져 있었다.

엄마는 스쿼트 머신 위에서 스쿼트를 하고 있었다. 이백팔십셋, 이백팔십넷……. 엄마는 숫자를 세며 앉았다 일어서기를 반복했다. 조금만 더 하면 끝이 난다고 말했다. 엄마는 매일 스쿼트를 삼백 개씩 했다. 스쿼트를 나히면 팔굽혀펴기를 백 개 했고, 실내 자전거를 한 시간 탄 뒤에, 유튜브의 운동 채널을 틀어놓고 만 보를 걸었다. 암환자용 단백질 쉐이크와 항암 효과가 있는 야채 수프를 챙겨 먹는 것도 잊지 않았다. 암 진단을 받고 시작한 운동 덕분에 엄마의 종아리와 허벅지는 확연히 튼실해졌다. 앙상했던 몸에도 포동포동하게 살이 올랐다. 짜증은 줄어들었고 콧노래를 흥얼거리는 시간이 늘어났다. 그 어느 때보다 엄마는 명랑하게 지냈다. 유리에게는 질병이 역설적으로 엄마를 살리고 있는 것처럼 보였다. 엄마는 우울할 겨를조차 없이 하루를 꽉 채워서 보냈다. 딸들이 당부 삼아 건네는 온갖 충고들을 엄마는 공책에 다 받아 적었다. 신이 난 것처럼 그랬다.

✉

　우편물에 대한 이야기를 다시 듣게 된 건 암센터 신관의 카페에서였다. 카페라테를 후후 불어 마시며 엄마는 연신 맛이 있다고 했다. 커피와 우유는 엄마가 어렵게 끊어낸 습관 중 하나였다. 엄마는 오직 암센터 카페에서만 라테를 마셨다. 라테를 마시는 이 시간을 엄마는 무척 좋아했다. 이 시간을 좋아하기 위해 라테를 마시는 것이기도 했다. 그만큼 엄마는 병원을 두려워했다. 머그잔 바닥에 남아 있는 우유 거품을 티스푼으로

긁어 먹다가 엄마가 물었다.

"네가 병원에 돈을 보냈니?"

"내가? 무슨 돈?"

유리는 엄마의 질문을 이해하지 못했다.

"그 정신병원 말이야."

은향이라는 사람에게서 또 편지가 왔다고 했다. 간식비는 잘 받았다면서. 고맙지만 병원에 한 번만 찾아와달라고 적혀 있었다고 했다. 처음에 엄마는 아빠가 병원에 돈을 보낸 줄 알았다고 했다. 아빠는 아니었다.

"내가 그랬을 리 없잖아."

유리가 답했다. 엄마는 잠시 말을 골랐다. 실은 사흘이 멀다 하고 편지가 온다고 했다. 은향은 종순이 편지를 읽었으며 자신에게 돈을 보냈다고 믿고 있었다. 종순과의 오랜 기억을 편지에 자꾸 적어놓았다. 너 기억하니, 너 서울서 보험 팔 때 아는 사람 하나 없어

허탕만 치고 가족들도 안 사준다 해서 내가 첨으로 사주었지. 그것을 일찍 해약해 미안하다. 같은 내용들이었다.

카페의 통창으로 외부 휴게 공간이 보였다. 파라솔 아래 환자들이 앉아 있었다. 한 사람이 파라솔의 그늘 바깥으로 의자를 빼내고 있었다. 햇빛 속에 자리를 잡고 앉아 턱을 위로 들고 해바라기를 했다. 엄마는 그 사람을 바라보며 그때 암보험을 들어둘걸 그랬다고 말했다.

"왜 내가 보험을 안 해줬을까."

편지 때문에 마음이 안 좋냐고 유리는 물었다.

"꼭 그런 거는 아닌데……."

엄마는 말끝을 흐렸다. 처음에는 마냥 싫었지만 이제는 싫지만은 않다고 했다. 다만, 편지를 읽고 나면 운동을 할 수가 없다고 했다.

"운동을 안 했어?"

"응. 못 하겠네."

운동을 하던 시간에 식탁 의자에 앉아 편지를 읽는다고 엄마는 답했다. 엄마는 신경 쓰지 말라며 손을 내저었다. 별일 아니라고, 보내다 말 거라면서. 유리는 누가 병원에 돈을 보냈는지 알 것 같았다.

✉

유리는 집에 돌아와 불을 켰다. 블라인드를 걷고 창문을 열어 환기를 했다. 소파에 누워 있던 규리는 눈이 부신 듯 미간을 찌푸렸다. 세수도 하지 않은 얼굴이었다. 유리는 옷을 갈아입고 세수를 했다. 빨래 바구니의 옷들을 세탁기에 넣었다. 어느새 규리가 곁에 와 서 있었다. 유리가 세탁기에 빨랫감을 넣는 것을 가만히 지켜보았다. 괜히 미안한 마음이 들 때면 규리는 어린아이처럼 유리를 따라다녔다.

"의사가 뭐래?"

규리가 물었다.

"괜찮대."

유리가 답했다. 규리는 깊게 한숨을 쉬었다. 마른세수를 했다. 다행이라고 말했다.

"나 왜 못 간 건지 엄마한테 말했어?"

"일한다고 했어."

규리는 또 다행이라고 했다. 엄마는 석 달에 한 번씩 검사를 받으러 암센터에 갔다. 검사 결과에 따라 치료 방향이 그때그때 결정되었다. 규리는 병원에 함께 간 적이 없었다. 검사 결과를 직접 듣는 것이 무섭다고 했다.

"알잖아. 내가 보고 있으면 김연아도 은메달 딴다고."

그러니 언니가 병원에 좀 가달라고 규리는 부탁했다. 유리도 그편이 낫다고 판단했다. 지금 규리의 몰골이 엄마에게 도움이 될 리 없었다. 엄마의 암 진단 이후로 규리는 누워 있는 시간이 늘어났다. 천장을 응시한 채 입을 삐죽거리면서 눈물을 주룩주룩 흘렸다.

"이제 뭐가 중요한지 알 것 같아."

규리는 그렇게 말했다. 그리고 무엇인가를 깨달은 듯이 굴었다. 시한부를 선고받은 사람이 갑작스레 자신의 인생을 반추하고 돈이나 명예 같은 것들이 얼마나 세속적이며 부질없는지를 깨우치게 되는 진부한 이야기처럼. 자신이 암에 걸린 것도 아니면서. 규리는 엄마를 통해 갑작스럽게 어떤 결론을

도출해냈다. 엄마는 평생 술을 입에 댄 적이 없었다. 당연히 담배도 마찬가지였다. 명절 선물로 들어오더라도 스팸 통조림 같은 것은 입에도 대지 않았다. 직접 만든 조미료를 사용해 채식 위주의 식사를 선호했다. 건강을 위해서라기보다 엄마에게 가장 자연스러운 방식이었다. 물을 낭비하지 않으려고 샤워기 대신 바가지를 사용했다. 볼링을 쳐보고 싶다고 말한 적은 있었으나 볼링장의 조명이 날라리 같다며 그만두었다. 코미디 프로그램을 보며 가볍게 웃는 시간도, 사람이 쉬이 죽어나가거나 주인공이 끝없이 불행에 빠지는 영화 같은 것도 멀리했다. 취미 생활의 영역에서는 큰 기쁨도 경계했고 작은 슬픔도 누리지 않았다. 엄마는 오로지 세밀화 붓을 들고 한 점 한 점 동양화를 그리는 것으로 여가를 즐겼다. 엄마가 살아온 정갈한

절제력을 규리는 안타까워했다. 인생을 마음껏 낭비했더라면 적어도 억울하지는 않을 텐데.

규리는 엄마를 대신하여 실컷 인생을 낭비하기로 결정한 듯했다. 엄마의 병을 핑계 삼아 과외도 그만두었다. 크게 경력이 되는 일도 아니어서 그만둔다고 잃을 것도 없다고 했다. 하루를 꼬박 굶다가 빙수를 배달시켜 저녁으로 때웠다. 말도 안 되는 금액을 결제해가며 종일 모바일 마작 게임을 했다. 끊었던 술도 다시 입에 대기 시작했다. 고주망태가 되어서는 휴대폰이나 지갑 따위를 잃어버린 채 집으로 들어왔다. 변기를 잡고 구토를 했다. 이불을 끌어안고 신열에 떨어댔다. 모아두었던 돈을 까먹으면서 그렇게 지냈다. 엄마는 점점 밝아져가는데, 규리는 점점 침울해져갔다. 규리는 도움이 필요한 것처럼 괴로워 보였다. 한편으로는 차마 실행하지 못해왔던 염원을 이루는 것처럼 신이 나 보이기도 했다. 규리는 그런 자신을 유리에게 감출 생각이 없어 보였다. 저금통의 돈을 누가 훔쳤냐는 질문을 받았을 때 곧이곧대로 모든 것을 고해바쳤던 여섯 살 때와 규리는 똑같았다. 생각해보면 규리는 매번 요란스럽게 정직한 아이였다. 대학생 때 애인과 외박을 하고 싶을 때에도 엄마에게 거짓말을 하지 않았다. 엄마는 절대로 안 된다며 반대를 했고 규리는 기어이 핸드폰을 끄고 하루 동안 애인과 잠적을 했다. 돌아와서 한참 혼이 난 규리에게 유리는 말했다. 앞으로는 차라리 거짓말을 하라고. MT에 간다고 하면 되는 것을 상황을 왜 이렇게 어렵게 만드냐고.

"언니처럼?"

규리는 다 알고 있다는 듯 씨익 웃었다. 그러고는 고개를 갸우뚱거렸다.

"거짓말하는 건 언니인데. 왜 다들 언니 말만 믿을까."

유리가 엄마 몰래 담배를 피웠다는 것을, 자신의 성적표에 엄마의 사인을 조작해 넣었다는 것을, 참고서를 사겠다며 틈틈이 돈을 받아갔다는 것을, 규리는 다 알고 있었다. 규리 또한 유리의 거짓말에 자주 기댔다. 그래서 더 멋대로 지낼 수 있었다. 유리는 온갖 거짓말을 동원해 규리가 엉망으로 지내고 있다는 사실을 엄마에게 숨겼다. 규리는 그것만 미안해했다. 오직 거짓말만이 해서는 안 되는 일이라는 듯이. 유리는 규리가 진실을 선점하는 것이 부러웠다. 슬픔을 선점하는 것도 부러웠다. 마음껏 슬픈 규리 때문에 유리는 슬퍼할 수가 없었다. 규리가 규리의 방식대로 애를 쓰고 있다는 걸 유리도 모르지는 않았다. 무언가를 깨달은 척 굴지만 실은 버둥대고 있을 뿐이라는 것을. 그게 규리의 생존법이라는 것을 누구보다 유리는 잘 알았다.

밥은 먹었느냐고 유리는 규리에게 물었다. 규리는 고개를 저었다. 냉장고에서 반찬 몇 가지를 꺼내 규리와 함께 늦은 저녁을 먹었다. 규리는 먹는 둥 마는 둥 했다. 젓가락으로 밥알을 끼적거렸다. 리모컨을 쥐고서 텔레비전 채널만 돌렸다.

"네가 은향이라는 사람한테 돈 보냈지?"

유리가 물었다. 비어 있던 규리의 눈동자에 빛이 반짝 들어왔다.

"어떻게 알았어?"

규리는 반가워 보였다. 스스로가 기특한 모양이었다. 뿌듯함이 엿보였다. 그 해맑음에 유리는 속이 끓었다. 애초에 규리에게 사진을 보여준 게 잘못이었다.

규리가 십이만 원짜리 마라탕을 시켜 먹은 날이었다. 모든 토핑을 추가했더니 한 그릇에 그런 금액이 나왔다고 했다. 마라탕은 곰솥 크기만 한 그릇에 담겨 배달되었다. 매운 음식도 잘 못 먹는 주제에 5단계를 선택해서는 몇 입 먹지도 못하고 규리는 숟가락을 내려놓았다. 온 집 안에 매운 기운이 가득 찼다. 가만히 있어도 기침이 나왔다. 그때 유리는 규리에게 종순을 기억하느냐고 물었다. 유리는 정확히 해두고 싶었다. 규리가 어린 시절 본 적도 없는 종순 이모를 기억한다며 거짓말을 늘어놓았던 일들에 대하여. 너도 거짓말을 할 줄 안다는 것을 상기시키고 싶었다. 규리로부터 당연히 기억을 하고 있다는 답변이 돌아왔다. 종순

이모가 아주 세련되게 옷을 입었다면서
옷차림에 대한 묘사까지 증빙해 보였다.
 "언니야말로 기억이 안 나?"
 의심쩍다는 눈빛으로 규리는 되물었다.
어떻게 그걸 잊을 수 있느냐고 했다.
 "어떻게 그걸 기억해? 너 여섯 살이었어."
 유리가 말했다.
 "십만 원을 줬는걸. 여섯 살한테."
 규리는 어떤 친척에게도 그렇게 큰돈은
받아본 적이 없다고 했다. 십만 원이 어느
정도의 돈인지조차 모를 나이였다. 갓
심부름을 시작한 때였고, 천 원도 거액이었다.
거액의 용돈 때문에 규리는 종순 이모를 잊을
수가 없었다. 엄청난 돈을 쥐여준 이모가 몇
달 뒤에 죽었기 때문에. 유산이라는 개념도
몰랐지만, 규리는 자신이 그 비슷한 걸
받은 것 같았다고 했다. 규리의 얘기를 듣자

유리도 기억이 났다. 종순이 아니라 종순이 준 돈봉투가. 새빨간 봉투 안에 담겨 있던 빳빳한 만 원짜리 지폐들이. 유리는 문방구에서 파는 군것질들과 종이인형들과 캐릭터 스티커들과 그 밖의 더 하찮고 너 알록달록한 물품들로 십만 원을 빠르게 탕진했다. 빨간 봉투에서 돈이 다 떨어질 무렵 빨간 저금통을 털기 시작했다.

"종순 이모는 왜 물어봐?"

규리가 물었다. 그때 유리는 핸드폰을 꺼내 사진을 보여주게 되었다. 종순 이모에게 온 편지 내용을 규리가 함께 알고 있기를 바랐다. 그 편지를 읽게 되었을 때에 느낄 수밖에 없는 모종의 부채감과 찝찝함을 규리에게도 감염시키고 싶었다.

은향에게 돈을 넉넉히 보내지는 못했다며 규리는 머리를 긁적였다. 자신의 얕은 선의가 엄마를 어떤 방식으로 괴롭히고 있는지 규리는 상상하지 못했다. 유리는 입안에 든 밥을 꼭꼭 씹었다. 침착함을 유지하려 애를 썼다.

"무슨 생각으로 돈을 보냈어?"

유리가 물었다. 규리는 그제야 숟가락 가득 밥을 퍼서 입에 넣었다. 자신의 머릿속에 맴돌던 생각들을 두서없이 늘어놓았다.

"무연고자들이 보호 병동에 이십 년씩도 갇혀 있고 그러더라고. 코로나 팬데믹 시절에 병원에서 집단감염 발생하고 그랬잖아. 그때 무연고자들이 많이 사망했대. 우리 엄마는 의료 파업 때문에 병원 진료 받는 게 그렇게 힘들었잖아. 누구는 병원에 못 들어가서 생사의 갈림길에 놓이고. 누구는 또 병원에서 못 나와서 저렇게 힘들고."

"지금 돈을 보낸 이유를 묻잖아."

규리의 말을 자르며 유리가 쏘아붙였다. 유리의 질문이 책망이라는 것을 알아채고 규리는 입을 다물었다. 잘못도 아닌 것을 잘못인 것처럼 몰아간다는 원망, 자신이 무엇인가를 정말로 잘못했을지도 모른다는 불안, 그 사이에서 규리의 눈빛이 흔들리고 있었다.

"혹시 뭐가 잘못됐어?"

규리가 물었다. 유리는 고개를 저었다. 앞으로 돈은 보내지 말라고 말했다. 규리는 이유를 알고 싶어했다. 종순 이모에게 보답을 하고 싶다고 했다. 유리는 머리가 지끈거렸다.

"누가 누굴 도와."

엄마에게서 들었던 말을 유리는 규리에게 했다. 그리고 덧붙였다.

"왜 안 하던 짓을 하니. 너 원래 아무것도 안 하잖아."

"내가 뭘 하면 언니가 싫어하잖아. 지금처럼."

엄마가 암에 걸렸다는 전화를 받았을 때 유리는 3차 병원부터 수색했다. 정부의 의과대학 증원 정책에 반대하는 현직 의사들이 장기 파업을 하고 있어 진료를 예약하는 일부터가 순조롭지 않았다. 유명한 병원들은 초진 환자를 아예 받지 않거나 최소한 석 달 뒤에나 예약이 가능하다고 했다. 유리는 엄마를 집에서 가까운 병원으로 데려갔다. 검사를 받을 만한 충분한 장비들이 있는 곳이었다. 엄마는 그 병원에서 확진을 위한 조직검사를 받았다. 전이 여부를 살펴보기 위해 PET-CT를 찍었다. 의심 부위를 확인하기 위해 뼈스캔과 MRI를 진행했다. 치료 방법을 결정하기 위해 유전자 검사를 받았다. 검사실은 건물 여기저기에 흩어져 있었고 중간중간 수납을 해야 해서 동선이 몹시 복잡했다. 이 절차들을 진행하는 틈틈이 유리는 대기 의자에 앉아 핸드폰 어플들을 동원해서 병원을 옮길 준비를 했다. 검사가 종료되면 결과 자료들을 챙겨 암센터로 옮겨갈 계획이었다. 인터넷에는 수단과 방법을 가리지 않고 병원 자리를 구하려는 절박한 사람들의 게시물들이 즐비했다. 혹시나 예약을 취소한 사람이 있는지 수소문을 하는 식이었다. 병원 예약을 취소할 예정이라는 글이 한번 올라오면 순식간에 댓글이 수십 개씩 줄줄이 달렸다. 다들 절박한 사정을 호소하며 자신에게 자리를 양도해달라고 간청했다. 양도는 선착순으로 하는 것이 나름의 규칙이었다. 첫 번째로 댓글을 다는 것이 중요했다. 유리는 몇 날

며칠 밤을 새워가며 새로고침을 눌러서 예약
양도 게시물의 첫 번째 댓글 작성자가 되었다.
예약을 성사시킨 이후에는 병원에 서류를
떼러 원무과와 영상자료실을 들락거렸다.
그리고 보험 관련 서류를 확인했다.
엄마에게는 암 전용 보험은 없었지만 암
진단금이 나오는 종합건강보험이 있었다.
보험회사와 통화를 했다. 보험회사에 보낼
서류를 다시 떼러 다녔다. 보험회사는 우편
접수만 가능하기 때문에 직접 우체국에 갔다.
유리는 반차나 월차를 내면서 정신없이
병원 예약 절차를 밟았다. 그리고 그때
규리는 쇼핑을 했다. 소파에 누워 핸드폰을
들고서 장바구니에 물건을 넣었다 빼는
일을 반복했다. 토마토 한 박스, 알룰로스,
단백질 쉐이크, 치약과 칫솔과 가글, 비판텐과
바세린, 핸드크림과 액상 메디폼, 손톱 영양제,

프로폴리스 스프레이, 좌식 사이클, 족욕기, 체온계와 체중계, 혈압계와 산소포화도 측정기……. 암환자 전용이거나 항암 치료 부작용을 대비하는 그 물건들은 처음에는 당장 필요하지도 않은 물건을 생각 없이 구입했을 때의 여느 물건들처럼 쓸데없어 보였으나, 차례차례 엄마에겐 없어서는 안 될 필수품이 되어갔다. 얇아지다 세로로 찢어지듯 갈라져 피를 보이는 손톱에 영양제를 바르며 엄마는 말했다. 신통하게도 규리가 미리 사두었다고. 규리는 뿌듯해했다. 우리가 대비를 빨리 해서 그나마 다행이라고 규리는 말했다.

"그치?"

동의를 구하려는 듯 규리는 유리에게 물었다. 규리가 '우리'라는 단어를 사용했다는 것에 대해 유리는 잠시 생각했다. 한 박자

늦게 대답을 했다.

"규리가 잘했지."

규리는 남은 밥을 꾸역꾸역 입에 욱여넣고 있었다. 규리도 어떤 장면을 회상하고 있는 듯했다. 유리가 회상한 것과 같은 장면일 수도 있고, 아닐 수도 있었다. 유리는 규리에게 어째서 병원에 돈을 보내면 안 되는지 설명했다. 규리가 보낸 돈이 어떤 방식으로 엄마에게 되돌아갔는지 말했다. 이야기를 듣는 동안 규리는 잠자코 고개를 끄덕였다.

며칠 뒤 규리는 깔끔하게 차려입고 외출을 했다. 무릎 아래로 길게 내려오는 롱코트를 입고 나갔다. 누군가의 결혼식에 참석할 때 규리가 입는 옷이었다. 그리고 저녁 무렵 코트 없이 집에 돌아왔다. 유리는 규리가 술에 취해 코트를 잃어버린 줄 알았다. 그건 아니었다.

"누구 줬어."

규리가 말했다. 입고 있던 코트를 어쨌냐고 유리는 물었다.

"거기 갔다 왔어."

규리는 은향을 만나고 왔다고 했다.

✉

규리는 면회 시간보다 한 시간 일찍 목적지에 도착했다. 은향이 갇혀 있다던 병원은 인적이 드문 도시 외곽의 어딘가에 있을 줄로만 알았다. 비포장도로를 따라가다 보면 공장이나 컨테이너 같은 것들이 드문드문 나타나고 그러다 건물 한 채가 있는. 페인트칠이 벗겨진 낡은 건물과 쇠창살, 쿰쿰한 냄새 따위를 규리는 상상하고 있었다.

편지봉투에 적힌 주소가 서울이었지만 그런 식의 후미진 곳은 알려져 있지 않을 뿐 어디에나 있기 마련이었다. 택시가 규리를 내려준 곳은 느닷없었다. 규리는 지도 어플을 켜서 제대로 찾아온 것인지를 확인했다. 상업지구의 사거리 한복판이었다. 커다란 상가용 건물이 사거리를 둘러싸고 있었다. 치과 옆에 정형외과, 피부과 옆에 안과, 산부인과 옆에 가정의학과, 성형외과 옆에 정신의학과······. 큼직한 간판들로 뒤덮인 건물이 사거리 모퉁이마다 한 채씩 위풍당당하게 서 있었다. 메디컬 빌딩들이 밀집해 있었다. 면회 시간이 될 때까지 규리는 병원 건너편 카페에 앉아 있기로 했다. 카페에서는 은은하게 한약 냄새가 났다. 손님들은 갈색 도자기 잔에 담긴 차를 마시고 있었다. 규리는 창가에 자리를 잡았다.

이런 도시 한복판에 은향이 갇혀 있다는 것이 규리에겐 현실 같지 않게 느껴졌다. 사거리에서 바라본 그 병원은 누군가를 가둘 만한 곳으로는 안 보였다. '우울, 불안, 공황, 불면, 치매 및 기억력 장애, 소현병, 조울증, 알코올 중독'이라는 진료 과목들이 커다랗게 고딕체로 선팅되어 유리창을 덮고 있을 뿐이었다. 톡톡히 사례를 하겠으니 와서 도와달라던 편지 속 문장이 떠올랐다.

방문증을 끊은 후, 규리는 간호사로부터 면회 시 주의 사항에 대해 안내를 받았다. 가족 외의 사람에게 면회가 허용되는 것은 드문 경우라고, 환자의 회복을 위해 자극적인 이야기는 삼가달라고 덧붙였다.

면회실에 들어서자 음식 냄새가 훅 끼쳤다. 테이블마다 한쪽 의자에 똑같은 환자복을 입은 사람들이 앉아 있는 풍경을 제외한다면, 면회실은 흡사 레스토랑 같았다. 환자들은 면회객과 마주 앉아 피자나 치즈케이크 같은 것들을 먹고 있었다. 약과와 선식과 대추칩 같은 것이 유독 자주 보였다. 병원에 들어오기 전 규리가 들렀던 카페에서 판매하던 것들이었다. 그 카페에서 뭐라도 사왔어야 했나 하는 생각이 들었지만, 전혀 알지 못하는 은향과 마주 앉아 음식을 먹을 수는 없었다. 드넓은 면회실은 질서 있게 자리가 배정되었다. 몇몇 환자가 간호사의 지시에 따라 나갔고, 또 들어왔다. 한 여자가 규리의 앞자리에 다가와 앉았다. 규리는 할 말을 잃었다. 은향이 짐작보다 젊은 모습이었기 때문이었다. 적어도 엄마와 비슷한 또래는 될 줄 알았는데. 은향은 레오파드 패턴의 뿔테 안경을 쓰고 있었다. 적당히 세련되어 보였다. 어깨 길이의 머리카락은 풍성했고 윤이 났다. 화장도 살짝 한 듯했다. 눈빛은 차분하고 서늘했다. 정말로 이 여자가 도와달라고 편지를 보낸 걸까. 이 여자는 얼마나 오래 이곳에 있었던 것일까.

규리는 짧게 인사를 했다. 곧장 자신이 찾아온 이유를 설명하기 시작했다. 종순 이모가 이십 년 전에 죽었다는 것을 우선 알렸다. 암 투병 중인 엄마가 지금 우편물을 대신 받고 있다는 것을 이어서 알렸다. 당신이 보낸 편지가 엄마에게 좋지 못한 영향을 끼치고 있다는 것을 설명했다. 마지막으로 돈을 보낸 것은 종순 이모가 아니라 자신이었다고 고백했다. 머릿속으로 몇 번이나 되뇐 이야기였기에 담백하게 말할 수 있을 줄 알았는데, 엉뚱하게도 엄마가 하루에 스쿼트를 삼백 개씩 한다는 부분에서 목소리가 떨리기 시작했다. 규리는 입술을

깨물었다. 몇 번이나 호흡을 가다듬었다. 은향은 눈이 마주칠 때마다 고개를 두 번씩 끄덕였다. 할 말이 남았으면 더 해도 된다는 듯 너그러운 얼굴로 그랬다. 규리가 말을 멈추었을 때 팔을 뻗어 규리의 손 위로 자신의 손을 포개기까지 했다.

"괜찮아요? 천천히 말해요."

규리는 자신이 내담자가 되어 상담을 받는 듯한 기분이었다. 지금껏 받아본 적 없었던 위로를 느닷없는 은향에게 받고 있다는 걸 알아챘을 때 규리는 은향의 손 밑에서 슬그머니 자신의 손을 빼냈다. 탁자 아래로 손을 감추고 주먹을 꼭 쥐었다. 더 이상 편지를 보내지 말라고 당부했다. 은향은 대답이 없었다. 고개를 옆으로 돌려 다른 테이블 위에 놓인 피자를 물끄러미 바라보았다. 환자복을 입은 누군가가

다가왔다. 그는 깍듯하게 목례를 하며 인사를 했다. 은향의 옆 병실을 사용하고 있는데, 음식을 나눠주고 싶다고 했다. 롤케이크 두 조각이 담긴 접시를 테이블에 내려놓으며 질문을 했다.

"은향 언니 가족이세요?"

규리는 무어라 답을 해야 할지 곤란했다.

"조카야."

은향이 대신 답을 했다. 환자는 고개를 끄덕이고 돌아갔다. 그것을 시작으로 환자들이 줄줄이 다가왔다. 테이블에 음식을 쌓아놓기 시작했다. 단백질 드링크와 바나나, 커스터드 푸딩과 양갱 같은 것들. 은향은 바나나 한 개를 집어 들었다. 껍질을 벗기고 한입 베어 물었다.

"사실 나는 여기에서 나갈 생각이 없어요."

은향이 씹던 바나나를 꿀꺽 삼키며

말했다. 그리고 이어 말했다.

"보시다시피, 여긴 괜찮은 곳이에요."

은향은 단백질 드링크에 빨대를 꽂아 규리에게 내밀었다.

"사람들도 좋고. 밥도 잘 나오고. 운동도 알아서 시켜주고. 학습 프로그램도 잘 되어 있어요. 비슷비슷해서 좀 지루하기는 하지만요. 일찍 은퇴를 한 셈 쳐요 나는. 여기에서는 울고 싶을 때 울어도 아무도 이상하게 생각 안 해요. 난 적어도 이 안에서는 척을 안 해요. 나답게 지내요. 편안하고 좋아요. 정말이에요."

규리는 면회실을 둘러보았다. 대리석 바닥과 같은 재질 같은 색상의 타일로 된 벽은 반질반질하고 완벽해 보였다.

"도와달라고 하신 건요?"

규리가 물었다.

"종순이를 한번 봤으면 했어요. 도와달라고 적으면 종순이가 와줄 것 같았어요. 걔는 그런 애였거든요. 그것뿐이에요."

은향이 음식을 먹으라는 손짓을 했다. 규리는 자신의 앞에 놓인 단백질 드링크를 집어 들었다. 미지근한 액체가 목구멍을 타고 빈속에 차올랐다. 긴장이 탁 풀렸다. 더는 편지를 안 보내겠다고, 약속하겠다고 은향은 말했다. 규리를 향해 음식 몇 가지를 더 밀며 조금 더 먹고 가라고 했다. 규리는 양갱을 집어 들었다. 부드럽고 촉촉했다. 입안에서 소리 없이 으깨졌다. 은향은 규리가 음식을 씹는 것을 바라보았다. 온화한 미소를 머금고 있었다.

"그러니까, 이제 말해줘요."

은향이 입을 열었다.

"네?"

"그냥 알고 싶어서 그래요. 종순이가 죽었다니. 그런 거짓말은 이제 안 해도 되잖아요."

은향은 활짝 웃으며 규리를 쳐다보았다.

"죄송합니다."

규리는 대답했다. 은향은 알겠다고 답했다. 미안했다고, 어머니의 쾌유를 바란다고도 했다. 그리고 규리에게 한 가지 부탁을 했다. 규리가 입고 온 롱코트를 달라고 했다.

"이걸요?"

규리는 자신의 코트를 만지작거렸다.

"필요해서요."

규리는 잠시 머뭇거리다 알겠다고 답했다. 코트에서 팔을 빼내 둘둘 말아 은향에게 건넸다. 은향은 손사래를 쳤다. 병원 절차

때문에 이렇게는 받을 수가 없다면서, 병원 건너편 카페에 코트를 맡기고 가라고 했다.

✉

　유리는 규리와 함께 엄마의 집으로 가는 고속도로에서 은향의 사망 소식을 들었다. 규리의 핸드폰으로 제주동부경찰서로부터 전화가 왔다. 은향이 병원에서 탈출하기 전에 마지막으로 면회를 한 사람이 규리여서 연락을 한다고 했다. 사망 장소는 제주시의 제주대 후문에 있는 원룸이었다고 했다. 은향과 나누었던 대화를 기억나는 대로 말해달라고 형사는 요청했다. 은향 옆에는 현금 뭉치가 든 봉투가 놓여 있었다고 했다. 그 봉투에 규리의 이름 석 자와 함께 장례 비용이라고 적혀 있었다고 했다. 유리는 가까운 졸음 쉼터에 차를 세웠다. 십오 분 정도, 차 안에 가만히 있었다. 그리고 다시 출발했다.

유리와 규리는 엄마와 함께 흙길을 산책했다. 엄마는 맨발로 걸었다. 규리는 맨발로 걷다가 곧 신발을 신었다. 발은 요즘 괜찮냐고 유리는 물었다. 다 아물었다고 엄마는 답했다. 구내염과 피부 발진, 속쓰림과 손발저림, 변비와 피로감. 나타날 수 있는 부작용을 유리는 엄마에게 올 때마다 하나하나 체크했다. 종순 이모에게 요즘에도 편지가 왔느냐고 유리는 물었다. 몇 주 전부터 편지가 오지 않았다고 엄마는 말했다.

"근데 유리야. 내용이 뭐가 없다."

엄마는 은향의 편지에서 종순에 대한 중요한 이야기를 기대했다. 뭔가 특별한 것을 찾을 줄 알았다. 자살로 생을 마감한 종순에 대해 엄마가 시원하게 이해할 수 있는 내용 같은 것을 엿볼 수 있게 되길 바랐다. 그런 내용은 없었다.

산책을 끝낸 이후에는 엄마와 집에서 번갈아가며 스쿼트를 했다. 유리가 먼저 스쿼트 머신에 올라갔다. 규리는 핸드폰으로 상조회사를 검색했다. 유리는 스쿼트 서른 개를 하고 내려왔다. 규리는 상조회사와 통화를 하러 바깥으로 나갔다. 유리는 가쁘게 숨을 내쉬었다. 겨우 서른 개를 하고 그렇게 힘들어하냐면서 엄마는 혀를 끌끌 찼다. 보란듯이 스쿼트 머신 위로 올라갔다. 열아홉, 스물, 스물하나……. 유리는 엄마 옆에 서서 헬스 트레이너처럼 숫자를 셌다. 현관문을 열고 들어온 규리가 유리에게 다가왔.

"쉽네."

규리는 방문 상담이 바로 예약되었다고

유리에게 말했다. 엄마는 이게 이제사 좀 쉬워졌다며 자랑스러운 표정을 지었다. 처음 운동을 시작할 때 엄마는 간신히 이십 개 정도 스쿼트를 할 수 있었다. 삼백 개를 하기까지 육 개월이 걸렸다. 근육은 어렵게 붙었고 쉽게 빠졌다. 이제 엄마는 백이십 개 정도 스쿼트를 할 수 있었다. 이제 새로운 운동을 시작할 거라고 엄마는 말했다. 런지와 브리지 자세를 연습할 거라고 했다. 이제 편지도 안 오니까, 새로운 마음으로 다시 할 거라고.

유리는 화장실에서 엄마 몰래 담배를 피웠다. 유리가 화장실에서 나오자마자 규리가 화장실에 들어가려 했다. 유리는 규리의 손 안에 미니 향수를 쥐여주었다.

"이도 닦고 나와."

규리가 고개를 끄덕였다.

은향의 편지들은 장식장 안에 있었다.

영국식 금장 찻잔과 티포트. 크리스털 꼬냑잔과 와인잔. 5킬로미터 마라톤 완주 메달. 유리의 어릴 적 가족사진이 담긴 탁상형 유리 액자. 지인들이 해외여행을 다녀오며 사준 각종 도시의 상징이 새겨진 마그넷. 미니어처 향수들. 그 사이에 운동화 박스가 놓여 있었다. 빨간 운동화 박스 안에 은향이 보내온 편지들이 있었다. 유리는 운동화 박스에서 편지들을 꺼내 자신의 가방에 넣었다.

엄마와 헤어지기 전에 유리는 말했다. 종순 이모에게 온 편지들은 자신이 가져가겠다고.

"왜?"

엄마는 머뭇거렸다. 아쉬운 듯했다.

"우리가 잘 태워줄게."

엄마는 알겠다고 답했다.

돌아오는 차에서 규리는 조수석에 앉아 편지 꾸러미를 뒤적거렸다. 봉투에서 편지를 꺼내 읽었다. 유리는 곁눈질로 규리를 흘끔거렸다. 혼자 읽지 말고 같이 읽자고 말했다. 그러자 규리가 소리 내어 편지를 읽어주기 시작했다. 은향이 보낸 마지막 편지라고 했다. 은향은 요즘 병원에서의 생활이 이사 전날 밤 같다고 했다. 종순과 연락이 끊어진 이후에 은향은 이사를 갔었다고 했다. 제주도에 원룸을 구해 살았다고. 방 한 칸에 불과했지만, 창밖으로 작은 공터가 보였다. 공터에는 흙바닥만 있었다. 은향은 텅 빈 그곳을 그냥 바라보며 지냈다고 했다. 어느 날부터인가 공터 바닥에서 길고 뾰족한 식물들이 자라났다고 했다. 보름 만에 공터는 제법 우거진 억새밭이 되었다고. 은향은 그 억새밭을 하염없이 바라보며 지냈다고 했다. 언젠가는 그 집에 다시 가보고 싶다고 했다. 지금도 그 억새밭은 여전한지 궁금하다 했다. 매일 저녁 다섯 시에 동네 산책을 나가고 마주치던 고양이를 또 마주치고 고양이를 만져보려다 실패하고 해가 지기 전에는 집으로 돌아오고 싶다고 했다. 그리고 창가에 서서 억새들을 보고 싶다고. 그래서 종순에게 고맙다고 했다. 아무것도 미안해하지 말라는 문장으로 편지는 끝이 났다.

규리는 은향의 마지막 편지를 다시 봉투에 넣었다. 다른 편지들도 꺼내 읽기 시작했다. 은향의 편지는 길지 않았다. 종순과의 사소한 기억들이 편지마다 한두 가지 적혀 있었다. 종순과 은향은 이십 대 초반 때 육 개월 남짓을 함께 살았다. 일찍 결혼했다 이혼을 하고 혼자 살던 은향의 집에 종순이 엎혀 지냈다. 그들은 출퇴근 시간이 맞지 않아 하루에 몇 시간만 함께 보냈다. 번갈아가며 밥을 지었고 따로 밥을 먹었다. 냉동실 안의 모르는 아이스크림 같은 것은 서로 스스럼없이 꺼내 먹었지만, 샴푸나 스킨로션 따위는 공유하지 않았다. 한 사람이 누군가와 통화를 하면 다른 사람은 자리를 피해주었다. 종순은 헤어브러시에 엉켜 있던 머리카락을 꼼꼼하게 빼냈다. 그래서 은향도 그렇게 했다. 한번은 몇 주씩이나 빨래 건조대에 종순의 코트가 널려 있었다. 새 코트에서 휘발유 냄새가 도무지 빠지질 않는다고 종순은 말했다. 종순이 없던 날에 은향은 코를 대고 코트의 냄새를 맡아본 적이 있었다. 종순의 모든 옷에 은은하게 배어 있던 담배 냄새 대신 석유 냄새가 났다. 은향은 빨래 건조대를 향해 선풍기를

틀어두었다. 선풍기 옆에 쪼그리고 앉아
은향은 담배를 피웠다. 둘 다 쉬는 날이면
가끔 은향은 종순과 대중목욕탕에 갔다.
종순은 항상 먼저 씻고 먼저 온탕에 들어갔다.
은향은 늘 종순보다 한 박자씩 늦었다.
은향이 드라이어로 머리를 말리고 있을 때
종순은 은향의 등에 로션을 발라주었다. 둘은
도서대여점에서 무협지들을 빌려 왔다. 각자
배를 깔고 누워 그것을 읽었다. 전기구이
통닭을 나눠 먹은 적이 있었다. 얼마나 오래
구웠는지 말라비틀어져 있었고 살도 없었지만
안에 들어 있던 찹쌀밥은 맛이 좋았다. 은향은
편지 끝에 매번 고마웠다고 적었다. 편지들을
다 읽고 나서, 규리는 중얼거렸다.

"러브네."

"뭐?"

"종순 이모랑 은향 아줌마 말이야."

"러브였다면 종순 이모가 은향 아줌마를 숨겼겠네."

유리는 말했다. 엄마는 정말로 은향을 몰랐다. 종순은 은향의 존재를 가족들에게 알린 적이 없었다. 유리는 묵묵히 운전을 했다. 규리는 차창을 내렸다. 가방에서 무언가를 꺼냈다.

"언니, 나 담배 한 대만 피울게."

유리가 답을 하기도 전에 규리는 담배에 불을 붙였다. 창밖을 향해 연기를 내뱉었다. 유리는 양쪽 차창을 더 내리며 규리에게 말했다.

"나도 한 대 줘 봐."

규리는 자신이 물고 있던 담배를 언니에게 건네주고 새 담배에 불을 붙였다.

"언니는 죽으려고 무언가를 준비해본 적 있어?"

창밖은 이미 어두워져 있었다. 고속도로에 가로등이 거의 없어 칠흑 속을 달리는 것 같았다. 이따금 하이빔을 켜지 않으면 길이 분간되지 않았다. 커다란 트럭들이 유리의 차 옆을 빠르게 스쳐가면 핸들을 꽉 움켜쥐었나. 유리는 지금껏 규리와 죽음에 대해 이야기를 나눠본 적이 없었다. 애인이었던 사람과도 아주 친한 친구와도 나누어본 적 있는 이야기를 규리하고는 나누지 않았다.

"너는 그때 왜 그랬던 거야?"

유리가 물었다. 머리카락이 흠뻑 젖은 채로 병원 침대에 늘어져 있던 오 년 전의 규리를 유리는 떠올렸다. 위세척 때문에 몸이 조금 젖었다고 간호사는 말했다. 유리가 병원에서 규리 옆을 지켰다. 규리는 이틀을 꼬박 잠을 잤다. 중간에 한번 깨어나 침대 위에 토를 했다. 토는 아주 까만색이었다.

규리는 입맛을 다시며 토가 맛있다고 했다.
활성탄 때문에 검고 달콤한 거라고 간호사는
말해줬다. 새벽에 한 여자가 병문안을 왔다.
여자는 한참 동안 규리의 손을 잡고 있다가
돌아갔다. 유리는 한 번도 그때의 이야기를
가족들에게 꺼낸 적이 없었다.

"이유를 말하려고 하면, 그때의 나와 다른
사람이 된 것처럼 말을 하게 돼. 그때의 내가
나는 더 나답고 좋은데. 지금의 내가 나는 좀
건방지고 재수 없는 기분이 들어. 그때 나는
궁지에 몰려 있었고 선택지 같은 건 없었는데
다들 나에게 다시 생각해보라는 말만 했어.
언니도 그랬지 아마. 나에겐 선택지가
하나밖에 없다는 걸 증명하고 싶었는데 그땐
그 방법을 선택한 거야."

"이제는 포기 같은 걸 선택하지 마,
규리야."

유리가 규리에게 말했다.

"그건 포기가 아니었어. 증명이었지."

규리는 유리에게 다시 말했다.

"언니는 죽으려고 했던 적 있냐니까."

유리는 없다고 대답했다.

"지금이 또 거짓말을 해야 옳은 순간인 거구나."

규리가 오 년 전에 병실에 있던 자기 자신을 떠올리고 있는 동안, 유리도 유리의 시간을 떠올리고 있었다. 유리는 취업에 성공한 다음부터는 꿈 같은 것이 더 이상 없었다. 일주일을 잘 보내기 위해 긴장하다 보면 한 달이 갔고 한 계절이 갔다. 유리는 취미들을 찾아다녔고 그건 자신의 하루를 바친 월급의 많은 부분을 쏟아붓는 일에 불과했다. 즐거웠지만 얕고 짧았다. 유리는 직장에 다닌다는 점을 제외하고는 자기 자신의 삶이 노인과 똑같다고 느꼈다. 언젠가부터는 죽어도 상관이 없다는 마음이 생겼다. 그건 절망이나 무력감 같은 감정이 아니었다. 유리는 아주 어렸을 때부터 하루하루 열심히 살았다. 할 수 있는 노력을 다해서 자기 할 일을 했고 가족들과 친구들에게도 모든 노력을 바쳐가며 다정했다. 유리의 죽고 싶음은 여한이 없다는 느낌에 가까웠다. 유리처럼 젊은 나이에도 여한 없다는 마음을 가질 수 있다는 사실을 유리는 사람들에게 설명하고 이해받을 자신이 없었다. 유리는 서른 살에 죽기로 결정해두었다. 그때까지만 즐거울 거리들을 애써 찾아내며 하루를 잘 지내자고 자신을 다독이며 지냈다. 그러다 엄마의 투병 생활이 시작되었다. 적어도 엄마가 완치될 때까지는 죽지 않기로 유리는 자신의 계획을 수정했다.

종순은 죽기 일 년 전부터 자신이 살던 집을 팔아서 현금으로 가지고 있었다. 그 돈을 물 쓰듯 썼다. 그리고 돈을 다 썼을 시점에 종순은 자살했다. 엄마로부터 전해 들은 이야기다. 종순은 어디에나 돈을 썼을까. 종순이 돈을 마구 쓰며 지낼 때에 자살을 하면 안 되는 다른 이유가 종순에게 우연히 침범한 적은 없었을까. 유리는 종순에게 그런 것이 궁금했다.

    유리는 빌라 주차장에 차를 세웠다. 집에 들어가서 간단히 정리부터 하자고 규리에게 말했다. 상조회사 직원이 방문할 시간이 가까워져 있었다. 규리는 장례식 때 입을 검은 재킷이 있을지 모르겠다고 했다. 지난주에 새로 산 검정 재킷을 빌려주겠다고 유리는 규리에게 말했다. 상주의 옷은 상조회사에서 제공이 될 거라서 둘 중 한 명만 자기 옷이

있으면 될 거라고 덧붙였다. 유리와 규리 둘
다 몹시 배가 고팠다. 저녁은 나중에 먹기로
했다. 규리가 은향이 안치된 장례식장 위치를
검색했다.

"상주는 네가 해."

유리가 말했다. 규리는 고개를 끄덕이며
근조 화환도 예약하자고 말했다. 종순의
이름을 써서. 유리는 좋은 생각이라고 답했다.
신발장에서 검은 구두 두 켤레가 있는지
확인했다.

작가의 말

　오래전 병원에 입원해 있을 때의 일이다. 오전이었고, 텔레비전에서 아침마당이 나오고 있었다. 나는 약간의 흥미가 생겨 텔레비전 속 사람들이 무슨 이야기를 나누고 있는지 듣고 싶어졌다. 텔레비전을 보고 있어도 말소리가 들리질 않았다. 아니, 들리긴 들렸는데 이해가 되질 않았다. 한국어인데 외국어처럼 들렸다. 문장이 파편으로 흩어졌고 간혹 의미가 띄엄띄엄 전달되었다. 주변이 시끄러워서 잘 들리지 않았다거나 다른 생각을 하느라 문장을 놓치는 것과는 달랐다. 모국어가 완전히 분해되어 흩어지는 느낌. 그런 경험은 처음이었다. 나는 침대에 누워 집중하려고 노력했다. 텔레비전 쪽으로 목을 쭉 뺀 채 귀를 기울였다. 내가 알던 나 자신을 내 안에서 소환해내려고 노력하는 느낌이었다. 말을 들어보려는 노력만으로도 숨이 차기 시작했다. 아픔 때문에 신체의 능력이 저하된 것이라고 간단하게 이해되는 일이었겠지만, 그런 종류의 느낌과는 달랐다. 아픔이 내 신체의 능력을 넘어서는 강력한 힘을 갖게 된 느낌. 그 미지의 힘이 내 안에서 회오리치고 내 바깥까지 쉴 새 없이 뿜어져 나오는 느낌. 내가 경험한 것과는 완전히 다른 세계와 접촉하고 있는 느낌. 그때 나는 나 혼자 감탄했다.

아픔은 정말 힘이 세구나.

그것이 나는 이상하게도 조금 기뻤고, 이 순간을 잘 기억해두어야 한다고 여겨왔다.

아픔이라는 건 얼마나 힘이 센 걸까. 그 힘이 타인에게 스밀 때 어떤 종류의 붕괴가 일어날까. 그 붕괴는 침범이거나 감염일까. 증여이거나 증여의 증여인 적은 없을까. 어떤 문장은 방점을 어디에 찍느냐에 따라 잔인하게도 희망적으로도 들릴 수 있다. 나는 방점을 찍지 않기 위해 매정한 마음과 사랑을 동시에 담아서 이 소설을 썼다.

2025년 여름
임솔아

임솔아 작가 인터뷰

Q. 《엄마 몰래 피우는 담배》의 시작점이 된 장면이나 인물, 혹은 감정이 있었다면 무엇이었는지 궁금합니다. 작품 전반에 '편지'라는 장치와 '엄마 몰래 담배를 피우는 장면'이 반복적으로 등장하는데요, 이 이야기를 처음 구상하게 된 계기가 있었는지, 무엇으로부터 이야기가 시작되었는지 듣고 싶습니다.

A. 거실에 있던 엄마의 장식장에서 삼십 년 전 유리잔을 발견한 데서 이 소설은 시작되었습니다. 제가 아이였을 때 유리잔은 두 개가 한 세트였고 제가 몰래 오렌지 주스를 따라 마시다가 한 개를 깨버렸지요. 장식장 안에 있던 잔이고 사용하는 걸 본 적이 없어서 파편만 잘 숨기면 절대 들키지 않을 거라 생각했는데, 엄마가 바로 그날 알아채시길래

신기해했던 기억이 있습니다. 지금 부모님 댁 거실의 장식장에도 그 잔이 있어요. 아무도 사용하지 않은 다른 한 개의 유리잔이 삼십 년 내내 아무도 사용하지 않은 채 거기에 그대로 있더군요.

    저는 소중한 물건을 잘 보이지 않는 곳에 숨겨두는 편입니다. 다른 사람이 보지 않았으면 좋겠다는 마음이 너무나 컸던 나머지 땅에 아예 묻어버린 것도 있고, 튼튼한 자물쇠를 걸어놓고서는 비밀번호를 잊어버린 적도 있어요. 소설이나 일기도 컴퓨터로 써놓고는 파일에 암호를 걸어두는 바람에 지금도 못 열어보는 것들이 몇 있고요. 나만 아는 장소에 숨겨둔다는 게 나도 모르는 장소에 숨겨둔 꼴이 된 거예요. 소중한 것을 어디에 두는가에 대해서 이런저런 생각을 하다가 이 소설을 시작하게 되었어요.

Q. 이 소설은 누군가를 돕고자 한 선의가 오히려 상처로 되돌아오는 순간들을 포착합니다. 이런 복잡한 감정 구조를 어떻게 구상하고 조율하셨는지 궁금합니다. 특히 유리와 규리, 엄마, 은향의 관계를 따라가다 보면 선의와 책임, 무력감과 죄책감이 얽혀 있지요. 이런 미묘한 균형을 어떻게 다루셨는지 듣고 싶습니다.

A. 도움에 대한 언급이 소설에 여러 번 나오기는 하지만, 쓸 때에는 그것을 선의라고 규정할 수는 없었어요. '파문' 정도의 단어를 떠올렸습니다. 하나의 고통이 발생할 때, 그 고통의 파문에 포섭되는 순간을 다루는 것이 소설의 일이라고 생각합니다. 인물마다 파문을 만들 것이고 파문들끼리 부딪치거나 겹치는 면이 생기면서 다른 문양들이 생길

텐데요. 그것들을 치우치지 않게 다루고 싶기는 했어요. 치우치지 않고 싶다는 것은 주요 인물이 따로 없었으면 좋겠다고 생각한 이유도 있었지만, 이것이 선의인가, 희망적인가, 그런 판단을 품은 채 이야기를 견인하고 싶지는 않았어요.

Q. 은향이라는 인물은 이 작품에서 가장 모호하면서도 매혹적인 존재입니다. 가족 밖에 있지만 누구보다 더 가족의 기억을 품고 있는 인물로 등장합니다. 이 인물을 그리실 때 가장 중점적으로 고려하신 요소는 무엇이었나요? 작품 속 은향은 "난 적어도 이 안에서는 척을 안 해요. 나답게 지내요"(46쪽)라고 말하지만, 독자에게는 여전히 베일에 싸인 인물입니다. 그녀가 유리와 규리, 그리고 죽은 종순과 어떤 서사를 공유하도록 설정하신 이유가 궁금합니다.

A. 종순의 이야기는 은향을 거쳐야만 완성될 수 있는데 은향은 종순의 친척인 유리와 규리네 가족에게는 숨겨져 있던 인물이고 선명하게 밝혀질 리 없는 인물이기도 해요. 저는 이 소설에서는

인물들이 각자 숨기고 있는 면을 존중해주고 싶었어요. 은향의 숨겨진 면이 다른 인물들의 비밀들과 공명할 수 있을까 생각했어요. 은향이 외부인이라는 점이 저에게는 중요했어요. 유리와 규리에게 엄마의 투병과 종순의 죽음과 은향의 요청은 얼만큼 다를까요. 무엇이 더 가까울까요.

Q. 규리와 유리가 같은 과거를 서로 다르게 기억하고 있다는 점이 인상 깊었습니다. 종순 이모와의 기억, 저금통 사건, 마지막에 이르러서는 죽음에 대한 감정까지, 두 자매는 끊임없이 서로 어긋나는 시선과 감정을 보여줍니다. "거짓말을 해야 옳은 순간"(61쪽)이나 '진실'보다 중요한 '기억'과 같은 질문들을 통해 어떤 이야기를 하고 싶으셨나요?

A. 《사랑과 통제와 맥주 한잔의 자유》(동아시아, 2024)에서 저자 김도미는 암 환자 주변에서 함부로 조언을 하는 사람들에 대해 이렇게 말합니다. "건강한 데다 말까지 많은 그들은 병자가 가져야 하는 긍정적인 마음가짐을 알려주고, 무얼 해보라거나 먹어보라는 이야기도 잘한다. 무얼 하지

말라거나 먹지 말라는 말도 한다."• "맥주 한잔의 자유"라고 적힌 책 제목을 다시 읽으며 저는 상상해보았습니다. 만약 암 환자가 맥주 한잔을 마시고 싶다고 내게 말을 한다면, 나는 기꺼이 그와 함께 맥주를 마실까, 아니면 술은 몸에 해로우니 마시지 말라고 만류를 할까. 이것은 질병의 당사자가 아닌 주변인의 몫으로 남겨진 질문일 겁니다.

• 김도미, 《사랑과 통제와 맥주 한잔의 자유》, 동아시아, 2024년, 24쪽.

Q. "러브네"(57쪽)라는 규리의 한마디는 독자에게 종순과 은향의 관계를 새로운 시선으로 바라보게 만듭니다. 작품 속에서는 분명하게 드러나지 않지만, 애정과 신뢰의 층위가 다층적으로 쌓여 있습니다. 이 관계에 어떤 함의를 두고 싶으셨는지, 혹은 일부러 '열린 해석'으로 남겨두신 것인지 궁금합니다.

A. 소설을 발표하고 나면 종종 소설 속 인물과 비슷한 경험을 한 분들에게서 연락을 받곤 했어요. 한 번도 뵌 적 없는 독자분일 때도 있었지만 오래 교류해온 친구나 동료일 때도 있었죠. 퀴어에 대한 글을 쓰면 주변에 퀴어가 나타나고, 비가시화된 장애에 대한 글을 쓰면 비가시화된 장애를 갖고 있는 사람이, 질병에 대한 글을 쓰면 질병을 겪고 있거나 질병의 자장 안에 있는

사람이 나타납니다. 저는 그때마다 그분들이 제 소설에 공감을 표해줬다는 사실보다 그분들이 계속 그곳에 있었는데 제가 그 사실을 전혀 모르고 있었다는 것에 놀라곤 했어요. 내 가까이에 이렇게나 많았다니. 도대체 우리는 서로를 얼마나 알고 있는 걸까 싶어서요. 엄마와 유리와 규리는 같은 편지를 읽었는데 규리만 그 편지 속에서 어떤 기미를 포착한 셈이잖아요. 누군가에게는 별것 아닌 이야기가 누군가에게는 꼭 발견해주고픈 이야기일 수 있잖아요.

Q. 암 진단을 받은 '엄마'는 역설적으로 가장 활기차고 생생한 존재로 그려집니다. 암이라는 질병이 한 인물의 삶을 침식하는 것이 아니라 오히려 살게 하는 힘으로 작용합니다. 끊임없이 움직임으로 절망을 밀어내고, 성실함으로 생존을 실천합니다. 이 인물을 통해 말하고 싶으셨던 '살아내는 방식'은 어떤 것이었을까요?

A. '엄마'라는 인물이 내뿜는 활기나 생생함이 본인의 생존만을 위한 것이라고 생각지 않아요. 자신의 질병으로 인해 영향을 받을 모두를 생각하면서 내린 일종의 결단 같은 것이 아닐까 싶기도 하고요. 저는 엄마의 활기가 엄마에게는 책임감의 한 종류 아닐까 생각합니다. 하지만 엄마의 내부에 표출되지 않은 다른 감정도 있을 거예요. 밖으로 꺼내지

않기로 선택한 감정이요. 그 감정에 근본적인 질문을 던지는 것이 은향의 편지였을 테고요. 은향의 편지들을 장식장 안에 모아두는 마음과 그 편지들을 태우겠다는 딸들에게 양도하는 마음. 양쪽 모두 '살아내는 방식' 아닐까 싶기도 하네요.

Q. 유리와 규리는 모두 '돌봄'을 실천하지만 매우 다른 방식으로 나타납니다. 이처럼 정반대의 태도를 지닌 두 자매의 대비를 통해 어떤 이야기를 하고 싶으셨을까요? 또한 작가님은 어느 쪽에 더 가까울지, 어떤 선택을 하실지도 궁금합니다.

   A. 유리와 규리는 저를 반씩 나눠서 만들었어요. 아주 작은 선택을 두고도 제 안에서 유리와 규리가 서로 다툴 때가 많거든요. 가끔은 유리의 목소리에 귀를 기울이고, 또 가끔은 규리의 말에 고개를 끄덕이지요.

Q. 작품 전반의 문장은 굉장히 절제되어 있으면서도, 결정적인 순간에는 감정을 정밀하게 파고듭니다. 글을 쓰실 때 문장의 리듬이나 감정의 농도를 어떻게 조율하시는지 궁금합니다. 특히 '묘사'보다는 '기억'이나 '태도'를 통해 감정을 드러내는 방식이 인상적이었는데요, 작가님이 중요하게 생각하시는 문장의 '기준'에 대해 듣고 싶습니다.

A. 좋은 묘사를 읽는 순간을 무척 좋아합니다. 소설을 쓸 때에도 생생하게 묘사를 하고 싶다고 자주 생각합니다. 생생한 묘사는 그 자체로 진짜 경험과 거의 같잖아요. 그런데 경험이라는 것은 온전할까요. 기억으로 남게 된 경험은 기억하는 방식 때문에 오해와 왜곡은 어쩔 수 없는 일이

되고요. 저는 소설을 쓸 때 인물들 사이에 존재하는 진실을 그리고 싶은데, 그럴 때는 또 묘사라는 것이 얼마나 큰 구멍을 만들지, 힘을 잃게 될지, 묘사의 효능 없음을 경험하는 게 소설 쓰기의 큰 재미이기도 해요.

최근에 오카 마리의 《기억·서사》(교유서가, 2024)를 읽었습니다. "리얼리즘의 욕망이란 언어로 설명할 수 없는 '사건', 그 때문에 재현 불가능한 '현실'이나 '사건'의 잉여, '타자'의 존재를 부인하는 행위와 결부되어 있다"[•]는 문장에 밑줄을 그었어요.

• 오카 마리, 《기억·서사》, 교유서가, 2024년, 56쪽.

Q. 《엄마 몰래 피우는 담배》를 통해 독자들과 가장 나누고 싶었던 감정이나 질문은 무엇이었나요? 이 작품은 직접적으로 위로하거나 설명하지 않지만, 끝까지 감정을 따라가게 만듭니다. 독자에게 어떤 감정이 남기를 바라셨는지 궁금합니다.

A. 소설을 끝내고 나서 은향과 더 길게 대화를 나눌 수 있는 다른 방법은 없었을까 계속 고민하고 있습니다. 대화라는 것 자체가 현실적으로 위협이 될 수 있음을 상기하면서, 하지만 동시에 그 위협이 정녕 위협이기만 한 것인지 생각하면서요. 그 고민에 빠질수록 은향의 부재를 떠올리게 되고 빈 공간을 선명하게 느끼게 되지요. 독자들도 독자의 방식으로 더 알고 싶은 인물 하나와 마주하게 되기를 바랍니다.

Q. '엄마 몰래 피우는 담배'라는 제목은 서사 속에 반복적으로 등장하면서 소설의 정서 전체를 집약하는 이미지처럼 느껴집니다. 이 장면은 죄책감, 자유, 기억, 슬픔이 교차하는 지점이기도 한데요, 이 제목을 결정하게 된 과정과 담고 싶으셨던 메시지가 있으셨을까요?

A. 저는 제목을 정할 때 이런저런 의미 부여보다는 조금 더 직관적으로 선택하는 경향이 있어요. 제가 선택한 제목들을 모두 마음에 든다고 생각하지는 않지만, 직관적인 선택으로 제목을 정하는 그 순간들은 무척 마음에 들어요. 제목은 좀 그러고 싶어요.

정대건	《부오니시모, 나폴리》
김희재	《화성과 창의의 시도》
단 요	《담장 너머 버베나》
문보영	《어떤 새의 이름을 아는 슬픈 너》
박서련	《몸몸》
금정연	《모두 일요일이야》
박이강	《잡 인터뷰》
김나현	《예감의 우주》
김화진	《개구리가 되고 싶어》
권김현영	《수신인도 발신인도 아닌 씨씨》
배명은	《계화의 여름》
이두온	《돈 안 쓰면 죽는 병》
김지연	《새해 연습》
조우리	《사서 고생》
예소연	《소란한 속삭임》
이장욱	《초인의 세계》
성해나	《우리가 열 번을 나고 죽을 때》
장진영	《김용호》
이연숙	《아빠 소설》
서이제	《바보 같은 춤을 추자》
권희진	《일단 믿는 마음》
정이현	《사는 사람》
함윤이	《소도둑 성장기》
백세희	《바르셀로나의 유서》
이현석	《고백의 시대》
임솔아	《엄마 몰래 피우는 담배》
김유원	《와이카노》
백은유	《연고자들》

위픽은 위즈덤하우스의 단편소설 시리즈입니다.
'단 한 편의 이야기'를 깊게 호흡하는
특별한 경험을 선사합니다.

이 작은 조각이 당신의 세계를 넓혀줄
새로운 한 조각이 되기를.
작은 조각 하나하나가 모여
당신의 이야기가 되기를.

당신의 가슴에 깊이 새겨질
한 조각의 문학, 위픽

위픽 뉴스레터 구독하기
인스타그램 @wefic_book